천년의
시 0162

구름 한 권

천년의시 0162

구름 한 권

1판 1쇄 펴낸날 2024년 9월 6일
지은이 허승호
펴낸이 이재무
기획위원 김춘식, 유성호, 이형권, 임지연, 차성환, 홍용희
책임편집 박예솔
편집디자인 민성돈, 김지웅, 정영아
펴낸곳 (주)천년의시작
등록번호 제301-2012-033호
등록일자 2006년 1월 10일
주소 (03132) 서울시 종로구 삼일대로32길 36 운현신화타워 502호
전화 02-723-8668
팩스 02-723-8630
블로그 blog.naver.com/poemsijak
이메일 poemsijak@hanmail.net

허승호ⓒ, 2024, printed in Seoul, Korea

ISBN 978-89-6021-776-8
    978-89-6021-105-6 04810(세트)

값 11,000원

*이 책은 🌊 **전라남도**, 🌊 전라 **문화재단** 의 후원을 받아 발간되었습니다.

구름 한 권

허승호 시집

천년의
시작

뒤돌아보지 않아야 한다는
말을 가슴으로 누르고 살았다

발자국만 따로 불러 모아
흘러가게 두었더니

육십갑자가
구름 한 권이 되었다

차 례

시인의 말

제1부

해 설

제1부

연꽃

마음도 뿌리 내리지 못한 날
굽을 세운 꽃대가 생을 오독 중이다

사랑은 낮은 곳이어야 한다는
불이不異의 말

바람 따라 연못 한쪽 귀를 잡는
팔월의 나여

낮은 곳에서
하늘을 얻는 물의 연못

흰
꽃들의
말씀이
절을 짓는 여름날이면

야윈 물에 발을 담가
흐린 생도
꽃잎 한 장으로 가부좌를 틀 수 있을까

보리꽃

들판에서 보리를 밟아 본 사람들은 말을 하지
짓밟혀도 상처 하나 없이 피어난다는 것을
짓밟혀야만 푸르게 돋아나는 삶이 있다는 것을
짓밟힐수록 뿌리 깊숙이 뼈마디를 세우는
세상이 있다는 것을

눈밭에서 보리를 밟아 본 사람들은 말을 하지
겨울 들판을 이긴 꿈들이
오월이면 보리꽃으로 피어난다고
꽃잎마저 잃고 가시꽃으로 피어난다고
두려움도 없이 걱정도 없이 새 떼들처럼
남도 들판을 일으켜 세운다고

오월이면 보리꽃은 출렁거리며 말을 하지
남도의 보리꽃은 가시꽃이었다고
낮달처럼 망월망월望月望月 건너가는
황톳빛 가시 꽃이었다고
우리의 마음도 봄이면
출렁거리며 피어나는 보리꽃이었다고

등나무뿐이었을까

왼손잡이었다
오른손잡이를 만나면 죽음까지 몰고 갔던
비켜설 줄 몰랐던 때가 있었다
바짓가랑이를 적시던 곡우가 그치면
줄기들은 허공에서 목덜미를 졸라
오월, 보라 꽃으로 집 한 채 올렸다
타인의 등을 밟고 지은 집
살기 위해 쇠기둥도 먹어 치웠고
똬리를 틀면 시멘트조차도 사라지게 하는 잡식성
물면 놓치지 않는 살인자였다
생은 둥지를 나누는 것이었다지만
덩굴 속 세상은 뒤통수를 훔치거나
뒷덜미를 끌어내렸다
겨울이면 사라져 버릴
갈등葛藤 한 채를
허공에 얹고 살았던
쉰 무렵의 나였다

북극 신호등

TV 속에서 거대한 빙벽이 무너져 내리던 날
발바닥에 불이 붙었다며 북극곰이 뛰쳐 나왔습니다

툰드라의 얼음덩어리를 처방하기에는 거실은 덥습니다
빙벽이 떨어져 나간 자리마다 새싹들이 돋아납니다
눈과 얼음이 전부였던 빙원의 사계

까마귀가 허공을 한 바퀴 돌 때마다
바다가 빙하를 품으로 받아 냅니다
북극은 순결한 생과 사를 향해 달려가고 있습니다

곰들은 물고기 대신 마른 풀잎이나 사체를 찾아 헤매고
일각고래가 작살을 피해 수면 아래로 곤두박질입니다
먼 시간의 빙하기를 되돌려 앉히면
백야는 곰들의 질주에 산맥을 다시 얹어 주겠지요

설산을 끌고 다녔을 무릎을 안고
보드카가 잘 차려진 백색 신호등 앞에서
살풋 잠이 듭니다

>

1.5℃까지 말아 올린 꼬리의 비밀이

불길을 덮는 빙하가 사라지는 것을 해독합니다

내일은 북극곰을 볼 수 없을지도 모릅니다

고추 지지대

늦가을 바람이 고추 지지대를 뽑는다

꽃 피우고 열매 맺는 날까지 함께 살아야 한다고
대나무 쪼개 심어 놓았던 봄날

뿌리 없는 발목들이 있었기에
고추는 어린 날부터 생을 불태울 수 있었다

뿌리 없는 것들이 뿌리를 지탱하는 역설

뿌리 없는 생도 그랬다

물러서는 것은 죽는 일이라
발목이 꺾이는 날에도 붙잡고 일으켜 세우다 보니
뾰족한 발이 사라져 버렸다

뼈마디 성한 것 없는 고추 지지대
뿌리까지 썩어 버린 발목을 내려다본다

누군가를 위해

발목까지 묻어 두고 살았던 적 있었느냐고
고추 지지대가 목덜미 곧추세우고 노려본다

금오도

바다가 길을 끌어안고 지상의 이야기를 듣는다

길들이 길을 묻고 마주 잡고 가는 세상

우리들도 한때 파도로 떠밀려 와
바다 앞에 길을 잃었던 적 있었다

뒤척였던 길의 시간들이 비렁길을 올려놓고 세상을 향해
묻는다

삶이란
썰물처럼 자신을 내주는 것
밀물처럼 허물을 덮어 주는 것

히말라야 산맥도 바다 앞에서 발을 멈추고
길은 바다에서 결국 끝이 난다고

파도가 철썩이며 길을 품고 있는
금오도 비렁길

거문도에서

어쩔거나
하늘을 품은 바다조차도
가슴 하나 안아 주지 못한다고 하니

어쩔거나
지상의 눈물들은
바다로 떠밀려와 숨을 내리고
섬이 된다는데

어쩔거나
수평선도 눈물 한 줌 다독이지 못해
한 푼어치도 안 되는 마음을

바다조차도 가부좌를 틀고
지상을 떠나왔으니
섬 같은 마음들아
어쩔거나

안개

수묵 한 점 치는 붓 속에서
그만 길 잃은 적 있었다

반성문같이 서 있는 여백

멈추고 뒤돌아서지 못했던 오십 줄의 부채負債
보이지 않았을 뿐, 보지 못했을 뿐
오래된 길을 먹는 시간의 입들이

발자국은
저 강물처럼
산을 업고 건너왔다고

한사코 브레이크에 발을 올리고
잠시, 가슴을 들여다보고 싶다는데
무대의 막이 길 끝에 걸려
파장처럼 흩어진다

악을 쓰며 건너왔던 징검다리를 꿰맬
구름 한 차 실러 간다

꽃씨 우체국

봄바람이 숨을 재우던 나뭇가지에
꽃씨 우체국 문패를 단다

봄빛이 유목민처럼 안부를 물을 때면
꽃은 천국의 새라고 종소리를 뿌린다

산통을 겪던 봄날도 연착륙 중

서로의 가슴을 키운 꽃씨들의 웃음소리에
우주는 파랗다

꽃불도 한나절

꽃처럼 길을 품어 보는 봄날

벚꽃의 긴 편지 한 통이
천 개의 푸른 활주로에
꼰지발을 세워 그대에게로 건너간다

수평선

구름을 살짝 젖혀 보렴
첫 줄이 보이지 않겠니

바다의 탯줄

저기서
생명이 태어나고 자랐을지도 몰라

하늘도 가끔
생에 밑줄을 긋고 입맞춤하고 있잖니

모두가 길이 된다는 한 줄

면발처럼 출렁거리며 생의 중심 같다는

깨달음의 한 줄

파도는 우리들 발걸음에

그것을 던져 주기 위해 달려왔지

첫줄

석양

하루 내내 허공을 다녔을
저
붉은 맨발

물의 노예, 배의 귀환

1. 진남관 해체 보수 공사 중, 석축에 음각된 사이싱[*] 문자 해석 분분

인간은 물 위에서 미생이었다 돛이 부러지는 순간 하늘을 내렸다 파도를 밟았던 노동의 시간들은 모래가 되고 바다는 풀 한 포기보다 낮아도 서른 여섯 명의 목숨을 베었다 남은 목숨들은 한양까지 천 리 길을 걸어 조선인 벨테브레를 만났다 옷깃이 젖을 때까지 울었으나 돛을 잃어 고향으로 돌아가기가 힘들다고 했다 수평선은 새처럼 높게 날았고 육지는 기울어져 뿌리를 세울 수 없었다

두 번의 탈출은 미수였고 칼을 목에 차고 열세 해째 밤을 첼로처럼 울었다 석축을 쌓는 일로 손가락은 고욤처럼 작아졌다 야만처럼 빵 두덩이로 엿새를 버티고 소금으로 끼니를 때웠다 유배의 밤 길이 달빛을 따라 호르큼으로 간다 조선에서 노동의 대가는 소금으로 입을 훔치는 것 밤마다 물소리가 생을 밀어내고 있었다 물 밖 세상은 비늘이 벗겨지는 삶이었다

마음은 구절초처럼 울어도 갈 곳 없었다 생의 절반은 남의

땅 노예의 삶, 파도가 끊임없이 생을 끊어 먹었다 야음을 틈타 탈주를 결심하자 죽어 있는 시간들이 등을 쓸어 주었다 인간은 바람의 노예였을지도 모른다 조선에서 벨테브레처럼 살고 싶지는 않았다 물의 피가 흐르고 있었다 부러진 돛은 죽음이 악어처럼 누워 있는 파도를 밟아 바다로 잠입했다 칼부림 같은 노역으로부터 멀어지고 동전 같은 해가 떠오르고 있었다 13년 28일간의 마지막 밤이 될지도 모를 잊힌 노동의 시간을 사이싱이란 세 글자를 석문에 새겼다

  2. 사이싱이라는 단어를 검색하다가 발신자 없는 河mail 스팸을 누르고 말았다

* 헨드릭 하멜의 『하멜 표류기』에서 진남관 좌수영을 '사이싱'이라고 기록하고 있음.

낙엽

우리는 시간이란 기차를 타고
봄여름가을겨울 역으로 가고 있었다
여름역은 소낙비처럼 빨랐고
가을역 앞에서
차마 손 놓고 싶지 않았지만
더는 견딜 수 없을 것 같아
더는 숨 쉴 수 없을 것 같아
불타 버린 가슴으로
이별이란 간이역을 짓고

사랑을
내려놓기로 했다

벚꽃 터널

북극을 다녀왔다는
그의 말을 믿지 않기로 했다

뻐꾸기 울음이
밤새 내려앉은 눈을 밀어내면

봄볕은 창문에 기대
아지랑이로
뿌리는 절망이 벗어 놓은 꽃이라고 쓴다

봄 신발 한 켤레 신고 질주하는 꽃잎들

백색 열차가 탈선하고 있다

꽃들은 뿌리들의 눈부신 부화

파도

막소주로도 쓰린 가슴 달래지 못할 때
널 만나러 간다

바람이 등을 밀 때마다 일어서는 새 떼들처럼

날지 못해도, 물러서지 않고
날개를 접은 적 없는
쓰러질지라도, 벼랑에 뛰어올라
마침내 부숴 버리고 마는
파도의 심장

저 푸른 눈빛들
그들이 바다를 키웠다

파도는 새 떼들처럼 혼자가 아니어서
몰려왔다가 사라질지라도
더 크게 일어나
가지 않은 길 걸을 수 있었다고
마음 일으켜 싸울 수 있었다고

>
책상 위에 파도의 발걸음 던져 놓고
목매어 바라본다

새파랗게 바다를 지켜 왔던 비법이 무엇이었냐고

가슴에 흔들리지 않는 돛 하나 얻을 수 있게
출렁거리고 싶다고

꽃샘추위

아직은 창문을 열 때가 아니라는 난장 같은 바람의 욕설

개나리를 앞세우고 산비탈을 오를 때쯤
목련은 꽃숭어리를 열어도 봄을 살 수 없다고 고개를 꺾지만

간이역에서
신발을 갈아 신고 불을 밝히는 기차처럼

준비되지 않은 사랑도 구애 정도는 해 볼 수 있지 않을까

봄 너머로 고개를 내미는데
저기압의 요설로 듣는 한낮의 부음들

아직은 꽃 문을 열 때가 아니라는 곡소리의 표제어였다

목련

그해 겨울 뿌리까지 빈 들이었다
꽃들의 수다로 휘청거렸던 사랑도 재를 남길 때
봄바람이 결빙당한 고독을 흔들자
초승달은
메마른 나뭇가지에 둥지를 틀고
흰 붓으로 허공을 앉혀
지상의 봄을 쓰기 시작했다

뿌리들의 숨소리가 하얗게
지상을 지폈다

달의 관상觀相

달에는 상相이 없다라는
오래된 운명의 메시지를 읽는다

스물하고 아홉의 밤
그는 차고 이지러진 얼굴을 숨겼다

붙들지 못했던 가슴으로
마침표 하나 그리는 밤

우린 멀리 있어 마음을 얻었다
찬드리안 찬드리안*

오늘 밤은 별을 딛고 창가로 내려올 거지
너의 그림자를 빛으로 그려 놓을게

얼굴에는 다섯 봉우리와 네 개의 호수가 있단다
줏대 없는 납작코보다는
키스할 때 찾을 수 있는 장미 향을 심겠어

미꾸리 같은 눈시울에 파로호를 넣어 주면

찬드리안 찬드리안

파로호에 장미가 사는 꼴이라고 귓불이 환하게 웃을 거야
구절초같이 연애하기 좋은 밤
가시는 물살을 거느리고 둠칫둠칫 울음을 거둘 거야

퍼도 퍼도 마르지 않은 눈물의 시간들
찬드리안 찬드리안

이마와 턱을 지상으로 내리면
오늘 밤 내가 그린 관상은
서른이 되면 화성으로 가는 차편을 타고

달에서 하룻밤을 묵게 될 상이거든

* 찬드리안: 인도의 무인 달 탐사선. 세계 최초 달 뒷면에서 물 탐사.

미평 수원지

노란 꽃창포로 문패를 단
여인숙은 밤보다 낮 손님이 많았다

정오를 걷던 구름이
하루치의 품삯으로 바람을 건네주고 사라지면
오목눈이 물속에도 고요가 산다

후후 불면, 우우 몰려가 버릴 아가미 떼들
발목을 부려 놓고 왔던 흔적들이
등을 내주고 앉아 길을 만지는 시간

낮은 곳이어야 높은 곳을 품는다라는
삽화 한 장이 계곡물을 퍼 나르고 있다

간다
흘러간다
달빛이 물속을 다녀갔던 것처럼

발길은 멈춤과 되돌아보기 위해
흘러왔다

\>

잠들지 못한 젊은 날의 밤들이
그늘 몇 잎의 파랑 같은 생의 계단에서

산밑 골짜기 고요가 주인이었던
물의 여인숙

향일암

언제라도 해를 볼 수 있다고 생각하지 마라
내 안에 어둠을 걷어내지 않고는 해를 볼 수 없다

해수관음은 해를 보기 위해 천 년을 기다리고
해탈문 거북들은 해를 기다리기 위해 바위를 뚫고 나왔다

산다는 것은 바윗덩어리 하나 내려놓는 일이다
산들도 품 안에 있는 바위를 파도에 던져 주고 있지 않은가

파도는 낮은 곳에서 밤마다 철썩거려
푸른빛으로 해를 가장 빨리 만날 수 있었다

네 안에 길을 만들어 놓고 어둠을 뚫고 나아가라
생의 가파른 벼랑을 길들이고 노를 저어야
삶도 꽃처럼 피어난다

바다가 아무리 푸르러도 흔들리지 않으면 고여 썩으리라

향일암에서는 바위들도 독경 소리에 고개 숙이고
맨발로 물을 적신다

>

누구라도 해를 보고 싶거든
내 안에 있는 깊은 바다를 건너야 한다

절벽을 그리다

감꽃처럼 떨어져 있는 개도에 갔습니다
활어처럼 한 발 한 발 둘레길 헤맸습니다

길은 언제나 벼랑 위에 똬리를 틀고 생을 흔들었습니다
지나온 시간들이 담뱃불처럼 희미해질 무렵
절망의 못을 새벽처럼 깊게 박았습니다

누구나 삶의 한 발은 절망이라고
낭떠러지까지 가 본 사람들은 말합니다

얼마나 휘청거려야
절벽 앞에서도 두렵지 않게 서는지를 쇠가마우지를 보면
압니다
둥지는 지상이 아닌 허공에만 올려져 있고
새들은 절벽에서 나는 법을 배웁니다

섬들은 바람과 파도의 유언으로 절벽을 키웠다고 했습니다
얼마나 더 많은 바람과 파도를 만나야 가슴에 절벽을 키울
수 있을까요

>

절벽을 오를 때마다 가슴에 담아 두었던 말들이 철썩거
립니다
섬은 뿌리에 절벽을 키우며 살아간다고

섬과 섬을 안고 있는 바다처럼
하루하루
절벽과 절벽 사이를 걷는 것이
우리네가 사는 일입니다

제2부

연두軟豆

겨울을 돌아 나온 초록의 혀들이 자궁을 연다
연두는 봄의 첫 손주
바람 앞에서 까르르 웃는

출생의 비밀을 하나씩 안고
허공에 쫑알거리는
저 생의 깊은 물속

한 잎의 귀퉁이가 생의 무게를 저울질한다

겨울은
눈물의 마지막 말이나 혀끝에 올려
명치끝으로 내려앉혔거나
첫사랑으로 돌아누웠던 시간

빗방울처럼 봄을 안고 산길 오르는 연두
비와 바람 속에서도 치어 떼처럼 헤엄칠 것이다

지난 일은
가슴에 묻어야 한다는 차고도 슬픈 말을
뿌리마다 비문처럼 글자를 새기면서

폐지를 말리다

손수레가 동네 한 바퀴를 돌 때면
골목길도 허리를 내려놓는다

구긴 종이 한 장을 말려도
등거죽을 달래 줄
물 한 모금조차 되지 못한다

눈발이라도 간혹 몰아칠 때면
서로가 젖은 눈빛을 다독거리며
손수레를 밀기 시작한다

땀에 젖은 몸을 바싹 말려야
비로소 찬밥 한 덩이가 되는
고물상 저울 앞에

폐지들도 목숨값을 위해
야윈 몸피를 키우려고 바람에 펄럭이고
손수레를 끌었던 할머니는
젖은 몸을 눈금에 말리며
얼굴 붉혔던 삶들을

행간마다 슬몃슬몃 내려놓고 있다

밥 한 끼가 눈금 위에서 흔들리고 있다

토끼의 첫사랑

크게 한 상 차려 올린 한가위 달빛이
골방 아랫목에서 졸고 있었습니다

Moon을 열고 그는 깨금발로 뛰어내렸습니다
립스틱 자국이 꽃무릇처럼 피어나 돌아온 그는
노랗게 익은 벼들과 껴묻고 안부를 물었습니다

타관의 외로움이 한 묶음 들려 있었습니다
강물 속 보름달도 뒤척이던 눈먼 시간

갈빛이 너울거리는 강변에 앉아 이슬을 잡고
서울살이 이야기로 목이 메었습니다

갈잎처럼 흔들리던 외로움이
내 어깨 위에서 꽁지를 세웠고
더운 숨으로 청솔가지 부러지는 하룻밤을 썼습니다

달빛 부스러기조차 젖은 바람에 숨을 주던 시간
사랑 몇 개를 갈대밭에 숨겨 놓고 돌아설 때
달빛이 잠깐 뒤척이는 것 말고는

설령 누가 보았다고 해도
이미 엎지러진 물을 어쩌랴 싶었습니다

강물처럼 떠돌던 그는 도시로 떠나 돌아오지 않고
기다림에 지쳐 버린 나는
강변에 머리를 하얗게 세워 두고
갈잎 속으로 내려앉은 달빛만 출렁거리는 것을 바라보고
있습니다

장어탕

쉰 살
살아갈 날보다
살아온 세월로 군내 나는 시간들

깨댕이 친구들끼리 국밥집에 둘러앉아
불알 깠던 소리를 하며 장어탕을 먹는다

풍천 지역이 탯자리인 우리들은
방바닥에서 장어잡이를 배웠다

탁배기 잔이 흔들릴 때마다
밀물처럼 취기는 오르고
떠나 버린 시간을 강물처럼 거슬러
잠자리로 돌아갔다

쉰 살의 새벽
빠져나가려고 안간힘을 쓰는 장어를
주먹으로 때려잡았다는
물속에서 장어 꼬리를 이빨로 물었다는
전설은

새벽이 되도록 꿈속에서 빠져나가지 못했다

내 몸을 비집고 나오려고 하는
장어 한 마리
뽑히지도 않고, 뽑힐 수도 없어
풍천 냇가를 기척에 두고 뒤척이고 있다

일몰

해가 산마루로 그림자만을 남기고 떨어져도
행여라도 기척을 듣기 위해
사립문 닫지 못했다

하루가 또 굴뚝으로 사라져도
돈 벌러 가신 아버지 돌아오지 않으셨다

산그늘에 앉아 있는
푸른 별 두서너 개 빌려 와
아궁이에 던져 넣고 불 지피면
가마솥만 뜨거워지고 빈 젓가락만
밥상에 놓여 있었다

달빛만 마당가에서 밤이슬 맞으면
처마 밑 제비 집에서 샛방살이 하던 샛별이
소쩍새 어깨를 털어 주고
뜰방에 고무신 잠 못 이루고
아침이 올 때까지 지샜다

소 눈망울처럼 그리움 가득 채운

그해 가을

우리집은 해가 뜨지 않았다
마지막 일몰은
소쩍새 울음으로 삼켰었거나
고무신 속에 감춰 두었는지 모를 일이다

군불론

어머니는 아궁이에 불을 지피면서
군불을 한사코 금불이라고 하셨다

군불은 바람처럼 일어나 부릉부릉 손을 맞잡고
고래 속으로 두려움도 없이 들어갔다

불이 불을 잡고 뜨거워진 밤이면
겨울바람에 쩡쩡 앓던 소나무도 두렵지 않았다

굴뚝 위에 바람이라도 앉은 궂은 날이면
불은 순풍만 있는 것이 아니라는 듯
뱀처럼 혓바닥 날름거리면서
모든 것 삼켜 버렸다

매운 연기 앞에서
행여 한 끼 밥이라도 못 지을까 봐
어머니는 글썽이던 솥뚜껑 앞에서 눈물 바람이었다

끓던 밥알이 아니어도 좋았다
이불처럼 따뜻한 생각들이 불 앞에 모여

아랫목에 발을 펴면 우리들의 겨울은 춥지 않았다

어머니 대신 군불을 지핀다
군불은 금불이 되지 못하고 장작불이 되고 만다

저 어둡고 긴 골목을 살아오며
한 줌의 불씨조차 되지 못한 나는
밤이 깊게 내릴수록
아궁이 앞에 손 모아
군불 아닌 금불을 지핀다

펄펄 끓던 생각으로
불쏘시개가 되리란 생각만으로

월급날

집 떠난 지폐들이 돌아와 하룻밤 통장에서 몸을 누입니다
누구의 호주머니에서 살다 왔는지 묻지 않기로 했습니다

막다른 골목에서 붕어빵값으로
시장통에서 할머니 전대에서 손주의 재롱값으로
웃음과 위안을 주다가 돌아왔을지도 모릅니다

이놈들은 언제 가출해 마이너스라는 부적을 남길지 모릅니다

하루쯤 늦게 떠나거나 미아가 되어도 좋을 듯합니다만
급식비, 전기료, 수도세, 휴대폰 요금
옹기종기 연체 이자를 물려주고 떠나갑니다

자식들도 통장에 돈 떨어졌다고 카톡에서 난리입니다
하룻밤 위안을 던져 주고 수취인 불명으로 떠나 버린 월급날

언제 떠나 버릴지 모를 지폐들 때문에
또 한 달 걱정이란 딱지를 지불하고 살아야 합니다

월급날은 생을 가불하는 역마살의 하룻밤입니다

꽃 피는 우물

퍼도 퍼도 마르지 않는
마른 몸피에 숨어 있는 샘물이
다섯 자식 푸르게 가꾸는 밭이었다

고향집으로 두레박을 내리면
사랑한다는 말이 정화수처럼 올라온다

소쩍새 밤길 가듯
사랑이란 말은 어둠을 매만지면서
천수답처럼 목마른 자식들의 텃밭이었다

화투짝처럼 뒤집혔던 하루를
아랫목에 재우기도 하고
고봉으로 밥상을 차려 내기도 한다

아직도
그분의 냄새가 난다
그분의 하룻밤이 되고 싶은
저 달을 함께 베고 잠들고 싶은 밤이다

오래된 혀

이모는
목장갑 한 켤레를 유언처럼 남기고 떠났다

옥탑방 냄비 끓는 소리처럼 들썩거렸던 일상은
십자가가 박혀 있는 광목천이 마지막 문장이었다

소주 한 잔으로 사십 줄의 생을 산에 묻고
어둠 속에서 환생하는 십자가를 본다

지붕 위에서 몸을 묶고 있는 십자가

발가락마다 지친 달을 달고 살았던 이모에게
십자가는 빨갛게 불을 켜고 있는 종착역

잔업, 특근, 최저임금의 탄환은
응급 환자의 마지막 비명처럼 기적을 바랐지만
어린 조카 둘을 두고 떠났다

영정 앞에서 울려 퍼지던 찬송은
오래된 혀의 심장처럼

복면을 쓰고 이 밤도 도심을 배회하고 있다

십자가는 언제까지
기름밥 먹은 목장갑을 헌금처럼
받아들일지 지켜볼 일이다

낫

한갓 풀 베기 위해 낫을 갈지 마라
낫은 풀 베기 위해 있는 것이 아니다

마음조차 어두워지면 외진 골목에서
눈물 대신 녹슨 마음을 숫돌 위에 얹어 놓고
아침이 올 때까지 선득선득 갈아 볼 일이다

제 몸 망가질수록 하얗게 일어서는 뼈들
뼈들이 베지 못할 세상은 없다

조선낫의 근성이 솟구쳐 오르거든
손모가지가 아닌 뜨거운 가슴으로 낫을 잡아야 한다
날선 뼈들이 베지 못할 세상은 없다

돌멩이를 만나거나 무쇠를 만나더라도
어금니 한두 개 정도 빼 주고도
기어코 사라져야 할 것 없애 버리는 조선의 낫
저 육철낫이 우리들 마음이다

가슴이 무디어질 때마다

숫돌에 머리를 처박고
세상을 단칼에 잘라 볼 일이다

조선낫은 자신을 베기 위해 존재한다
불로 들어가는 숙명까지
직립으로 일어서는 순간까지 달구어져야 한다

쇠망치로 맞았던 외침까지
조선의 낫으로 세상을 살아 볼 일이다

그릇 부부

서로 몸을 껴안고 있다
살살 달래 보기도 하지만
상한 마음들 마주 잡고 떨어지지 않는다

부딪히고 어그러져 버렸던 날들
서로 붙잡고 놓지 않는 것이
사람살이라는 듯

본래 짝도 아니었던 것들이
살아온 시절을 악다물고 놓지 않는다

상처 자국 슬슬 돌려 가며 손을 거들면
서운한 마음 풀리지나 않을까 까불어 대지만
밤 깊도록 그릇은 그릇을 놓지 않았다

속을 포개도 알 수 없는 마음들이
거실에서 등을 주고 누워 있다

숟가락과 젓가락이 오르락내리락하면서
바닥이 보일 때까지 빼앗기만 하고

더운밥 한술 떠먹여 주지 못했다

더 주지 못했던 마음들은 생각지도 않고
먹고 사는 게 대수냐는 듯
찬물 더운물 가리지 않고 덤벼들었다

그릇이 그릇을 품고 있는 밤
부부가 밤을 놓지 않고 있다

둥근 눈물은 울음을 품어 주기도 한다는데

뜬모 생각

가슴까지 물을 채운 논배미는
삼복더위를 함께 살아갈
식구들을 하나둘씩 앉혔다

맨발로 물을 밀면서 뜬모를 한다
발길 잃고 헤매는 포기들 찾아
살 집 마련해 주고
모자란 곳은 외롭지 않게 덧대어
물속 깊숙이 삶터에 뿌리를 넣어 주면서

삶이란
뿌리내리는 일이라고
곁이 되는 일이라고 말 건넨다

오뉴월 햇볕이 들여다보고
비바람이 키울 것이고
살다가 힘들어 쓰러질 때면
포기하지 말자고
포기들이 일으켜 세울 것이라고
산줄기들이 그늘을 드리우며

응원가를 부르는 사이
노랑부리 백로 서너 마리
무논 위를 날고 있다

겨울나무 소사전

한 잎마저 계곡으로 떠나보냄으로써
고행이 시작되었다

산정으로 발걸음을 재촉하는 나무들
산들은 은빛 날로 마지막 뼈를 세웠다

발목까지 쌓인 눈밭에서 더운 숨을 내려놓고
허공에 화두를 올린다

겨울은 생과 사의 갈림길

집시의 필력으로 한 획씩 써 내려가는 적막

눈발이 굵어질 때마다 칼끝으로 수피를 벗겨
가지마다 날을 세운다

오체투지로 적설을 받는 한 잎의 나이테

만년설이 퍼붓는 겨울산에서
나무들은 생을 위해 화엄으로 눈을 감는다

>

영혼의 신전을 깨우는 까마귀 울음소리와
울부짖는 짐승의 숨소리만 허공에 떠돈다

겨울은 칼을 다루는 계절

눈보라가 그칠 때면
강줄기들은 마을을 품고 바다로 떠나고

칼끝으로 다듬은 가지들이
푸른 잎으로 지상의 봄을 밝힐 것이다

밤 기차

외로울 땐 기차를 몰고 남녘으로 떠나자
그리움 따위는 하룻밤 간이역으로 세워 두고
뒤돌아보지 말고 종착역을 향해 밤새도록 달리자

쇠바퀴 소리에 허공을 놓아 주면 귀는 밝아지고
빌딩 숲을 지우고 마음을 들여다보는 시간
별빛을 의자에 앉히면
밤은 나를 만나러 가는 순결한 시간
도심의 불빛도 손 흔들어 배웅할 것이다

비나 눈은 소품이나 배경 같은 것
뒤를 바라보다 갈 길 망설이거나
어둠 속에서도 속도를 늦출 필요가 없다

막걸리 한 사발 같은 섬에 이르러
기차를 놓아 주자
바퀴를 모래밭에 부려 놓으면
멈춤도 없이 속력만으로 살아온 직립 앞에
달빛도 깍지를 풀고 젖은 발을 씻어 줄 것이다

\>
해안선에 등을 대고 누워
지나가 버린 시간을 기다리지 말고
백 년 동안 달려왔던 기적 소리 풀어놓고
다시는 뒤돌아보지 말자

이제 등대는
가지 말아야 할 길에 주파수를 더 던져 줄 것이다

군평선이

평선이가 화덕 위로 올라가 자리를 잡았다 손바닥만 한 몸매에 갈색 줄무늬 치마, 허리는 참빗처럼 가시 날을 꽂고 있었다 젓가락 끝이 갈지자로 튀어나온 입술에 닿자 사랑의 설화들이 소문처럼 부풀었다

달빛이 막사를 훑는 밤이었다 관기인 평선이의 목숨은 저 잣거리의 안주만도 못했다 파도처럼 흘러 다녔을 삶이 뼈마디처럼 드세고 뼈셨다 오뉴월 순신의 품을 만나 아녀자가 되고 싶었다 양반들의 손목에서 꽃으로 살다가, 숨을 붙였다 떼였다가 비릿한 물고기에 이름을 얹어 놓고 사라졌다는 평선이

고기는 굽는 것이 맛이라면 사랑은 가슴을 나누는 것 하룻밤 화덕 위에서 노릿노릿 익어 갔던 밀어들은 불과 같은 것

여수 바다가 썰어 주는 어부의 맛이 평선이의 생처럼 쓸쓸했다

제3부

이름을 쓰시다

아버지 삼우제 지내시기 전 텃밭으로 가셨다
눈물을 훔치셨는지는 호밋자루 쿰쿰함만이 아는 일이다

초복 지나 수확한 고들빼기 상자들
생산자란 또박또박 쓰신다
이름 석 자

삐뚤, 빼뚤해도 구십 줄에 써 본 이름
크기는 달라도 여태껏 살아온 이름
별량 고들빼기 상자에 새겨진
이름 석 자

나 죽고 나면 세상에 없는 사람 이름 쓰지 말고
어머니 이름 써야 한다며
방바닥에서 구박당해 가면서 배운 이름

구십 줄에
호미로 곱게 그리시는
이름 석 자

엄마의 젖

몇 가락의 호미를 먹고서야
이랑에 떡잎이 꼭지처럼 앉았다

푸른 잎들은 노모의 관절이 키웠다

푸른 잎이 잎을 올리는 시간은
목숨을 주고받으며 슬픔의 깊이로 울타리가 된다는 것

풋것들은 흙이 보약이다라는
엄마의 기도문을 주절거리다가 어른이 되었다

포대기에 둘둘 말린 김치가 첫눈처럼 왔다
속살을 키웠던 겉잎을 버리고
희고 고운 젖가슴만 왔다

콘크리트 바닥에 입만 살아 있는 자식들에게
알맹이만 왔다
샛노란 젖을 먹이러 왔다

겨울이면 혈족처럼 찾아온 목숨들

배추는 추운 계절을 건너는 뜨신 끈이다

포기를 절이고 양념을 버무렸던
고드름 같은 엄마 손마디는 담벼락에 주저앉고

적막 한 채에 불을 들이러 흙가슴만 왔다
젖을 물면 겨울이 춥지 않았다

아버지의 방

산을 베고 누우셨다

지게를 버리고 하늘을 가지셨다
생사의 거리가 숨결처럼 가까웠다

백일홍이 피었다 질 때까지
논밭으로 오고 갔던 발걸음을 끊고
누워만 지내시다가 노구에서 숨을 놓으셨다

아무도 곁을 지키지 못했다
화장火葬은 아니라더니 몇 겁의 시간을 돌아가셨다

망백望百의 인연
옷자락에 한 움큼의 흙을 받아 칠성판에 쏟았다
눈 내려도 이불 한 장 덮지 못할 방

거미줄이 저녁을 지을 때마다
밤하늘 기댈 수 있는 별 하나 찾는다

묘지만큼 푸르게 떠 있는 뭇별 중에서

지게

등뼈가 굵어지기도 전 선물로 받았다
길을 지고 뒷산을 부려 놓아도 쉴 수 없었다
무릎은 시큰거렸고 허리는 끊어졌다

뿔이 되었던 지게가 등거죽을 뚫고 나왔다
닳아지지 않은 뿔 대신 멜빵만 남았다
잠결에 뒤척이는 것도 뿔이 자라나는 흔적

뿔은 등짝에 걸려 죽음을 노려본다
죽음 앞에서도 지게는 짐을 벗을 수 없었다

관이 닫히지 않는다는 말
상주는 영안실에서 뿔을 쓸어 내고 있었다

생강 다듬던 날

가을볕이 남새밭에 앉아 생강을 캔다

잎줄기에 두 손을 주면
발가락 같은 생강이 뭉텅 뽑혔다

햇생강이 따개비처럼 자라 있있다

생강에 칼끝을 갖다 대다가
흙 속에서 품고 살았을 생각을 얹어 본다

저 맨발로
흙을 파고, 돈 얻어 새끼들을 건사했다

뒤틀리고 굽어 펴지지 않는 끙끙 앓던 발가락들이
초승달처럼 목에 걸린다

한 번이라도 무릎에 앉혀 놓고
발톱을 잘라 준 적 있었던가

매운 생강꽃의 그늘을 삼키며

아랫목에 금불이라도 넣어야겠다

어머니의 발가락을 수없이 만지는
밤이다

쟁기론

쟁기가 안방에 누워 있다

이도 빠지고 볏도 녹슬어 흙밭으로 돌아갈 힘조차 없다

이슬 밟고 나갔다가 달빛 지우고 돌아왔던 소처럼 살아야
한다고 되새김질하던 쟁기
　너덜겅이든 천수답이든 발길 닿는 곳이면 어디에서나 발목
에 찬물을 적시고 오뉴월 삼베 적삼에 땀방울이 맺혔던 쟁기
　손길 닿는 곳마다 보습을 세워 땅을 일구었던 쟁기
　경운기에 밀리고 트랙터에 눌려 양은 냄비처럼 온몸이 상
처투성이

척추를 가눌 수 없다며 쟁기가 화석처럼 누워 있다

멍에처럼 짊어지고 살았던 마지막 숨까지 토해 내고 있다

옹벽 수발공

한 줌 햇볕도
발붙일 곳 없는 옹벽에
참새 부부가 살림을 차렸다

신방이라야
부리로 물어 나른 검불 두엇

길고양이 타박타박 소리에
낭떠러지로 후드득 깃 흔들리고

소나기라도 오는 날이면
떠내려가는 둥지를 부둥켜 안고
짹짹거리는

배수구 텃새 아파트

한 끼라면

면발이 도로에 널브러져 흐를 때
젓가락에는 달빛만이 흰 구름처럼 떠 있었다

붉은 띠를 두른 상여꾼들
상엿소리에 맞춰 야트막한 교회 담벼락을 올랐다
요령을 쥔 소리꾼이 눈물을 넘치도록 퍼 날랐고
봉분 없는 묘지에서 발인제는 시작되었다

스물넷
베트남에서 코리안 드림을 꿈꾸던 쯔엉
십자가도 고개 숙일 수 없는 나이
신부와 아들을 위해 발을 디뎠던 곳
처마까지 물이 들어찼던 지하 단칸방은
한 모금의 빛이 아니라 외줄타기였다

고층 아파트가 수열처럼 도심에 못을 치고
봄여름가을겨울 계절은 없고
외국인 근로자의 삶은
섬처럼 파도를 맞고 있었다

>
콘크리트 바닥에 떨어지거나 넘어져도
한 끼를 위해 기름때를 묻혀야 했다

노동이 저물면 봉분 같은 통증이 남았다
지문이 사라진 손목으로 굴뚝 연기를 말끔히 지우다가도
죽음의 외주화를 그만두라 외쳤다

어제는 세 사람이 귀가하지 못했다
돌아앉은 안전화와 찢긴 작업복이 주검을 헤아릴 뿐

하루하루
겨울나무처럼 숨을 잡고 있었다

밥 한 끼를 위해
매일 밤 별을 세며 기다리고 있을 식구들을 위해
라면에 뜸조차 들이기 힘든 시간

개 같은 놈

이보시오!
욕을 하려거든
개 같은 놈이라고 하지 마세요

툭하면 반찬 투정이나 하는
먹다 만 찬밥 한 그릇
달게 비워 본 적 없는 나를
개에 빗대어 욕하지 마세요

매 끼니마다 생선 가시며
먹다 남은 쉰밥 한 덩이에도
덜렁덜렁 좋아서 꼬리로 합장하는
밥그릇까지 싹싹 달게 비우고
공양까지 하는 저 개같은 마음을

밤새 앓은 당신 머리맡에서
물수건 하나로 별을 세어 본 적 없는
차라리 나는 개만도 못한 놈입니다

새벽이 되어 푸석거리는 달빛으로

대문을 두드리더라도
이보시오
개 같은 놈이라고 욕하지 마세요

술 취한 마음으로라도 전봇대 아래에서
개같이 경건하고 죄스러운 마음으로
다리 하나를 들어 실례를 할 줄 알았으면 좋겠소

그 여자

빗방울도 한 송이 꽃 같았던 시절 있었을까

베란다 안전봉을 타고 내리는 물방울의 전주前奏
물방울이 물방울을 밀어내는 시간
하루가 빗줄기 속에 갇혔다

서로가 서로를 부둥켜안고 간절해지려는 순간
떨어지고 만다
산산히 부서지고 만다

이리저리 떠밀려 나는 마음들
일으켜 세울 힘도 없이
바닥에 주저앉아 버린다

창문에 빗방울이
면발처럼 툭툭 기억을 넘어설 때마다

빗속에서도 두 팔을 팔랑거렸던
그 여자

\>

베란다에 꽃송이처럼 앉혀 보고 싶었던
물방울처럼 하나가 되고 싶었던

그 여자

탯말 한 구절

초등학교 동창 밴드지기는 나이를 잊었다 그가 물어 나르는 깨댕이 추억 한 접시에 된장빵 같은 옹삭한 말이 버무려지면, 낮술 반병은 손가락을 빨아도 숭이 되지 않았다

한가위 윷판으로 연휴를 보내고 난 후 초등 단톡에 남긴 그의 메시지가 절창이다

학교 앞 양샌집에서 뽀빠이를 함께 나눠 묵다가 땅에 떨어진 것도 줘 먹었던 째깐한 것들이, 짠허게 봉알만 차고 도회지로 미꾸라지처럼 흩어졌으니, 참지름 쳐 놓은 것 맹끼로 꼬신 말들의 밥상이 탯자리에 둘러앉아 빈속을 환장허게 채운다

찬바람이 잔 분게 콧구멍이 쫀득쫀득헌 거시, 인자 가실 맞제 여름에 못다 준 땡볕이라 그런지 대가리가 빗게지게 뜨구와블구마 이것이 새끼 같은 곡식들 헌티는 피가 되고 살이 될 것잉께 젼디어 내야것제 암, 그라제 꼬라지가 장난이 아니랑게

다들 고향 다녀들 가서 제자리 찾아들 가싯쓰껀디 아직 일이 손에 안 잽히재 요럴 때는 만사 제끼고 노는 것도 괜찮을 것인디 다들 어디서 논가 모르것그마 날이 씨헌헝께 숨 잔 쉬

고 살 것제잉

　처갓집 일손이 모잘라 모구 새끼랑 쌈해 감서 땀 한번 쫙
빼고 났더니마는, 각시가 민물짱어 곤 걸 한 그럭 주면서 헤
벌레 해뿌네야 화포 갯바닥 보들보들헌 문절구, 칼로 쪼사
서 묵은 것보다는 못허데만, 인역들은 짭짜스러운 맛 생각
안나는가

　씨를 뺄 놈들아 짭짜허면 연락들 허고 날이 씨헌헝께 싸
복싸복 일 허고 간푼 새끼들이랑 잘들 지내소 죽기 전에 싸
게싸게 연락들 허고 사세 붕알 더 옹그라들면 걷기도 어렵네
기별들 하세

　밴드지기는 아침마다 고향 탯말로 가슴을 벌렁벌렁하게
한다

고래를 위한 추모사

해변에서 마지막 모습이 발견되었다 질식사였다

동네 사람들은 상괭이를 고래라고 불렀다
육백 년 당산 할아버지가 가르쳐준 이름이었다

입안에 뼈가 드러난 상처를 안고
병원 침상에 고래가 있었다

바다가 거친 숨소리를 덮어 주자
날랜 꼬리가 물속으로 돌아갈 꿈으로 다독였다

그의 진단서에는
백팔 번 물 밖으로 몸을 내밀어야 살 수 있고
어망에 아가미가 걸리면 심장마비로 사망할 수 있음

그의 몸에는 깊은 바다가 지문처럼 있었고
한 끼 밥을 위해 쫓아다녔던 길이 쏟아졌다

파도를 밟았던 상처투성이로
휘파람 소리조차도 침몰하고 있었다

>

고래의 마지막 눈망울이 경도鯨島에서

잠들었노라고

파도로 새긴 묘비명이라도 세워야겠다

후박나무 경전

흰 뼈만 남았다
오월의 세상을 꿈꾸었던 잎새도
바위도 뚫을 것만 같았던 거친 뿌리의 동력도
한 권의 책, 활자 하나 남기지 못하고
바다 너머에서 불어오는 바람을 바라보며 누워 있었다

품 안에 마지막 잎새까지 떠나갔으므로
하늘로 오르는 고행마저 끝이 났다

생을 위한 한 줄 조사弔詞도, 만장輓章도
읊조리거나 펄럭일 필요는 없었다
살아서 푸르른 적도 없는 다만 한 그루 나무였을 뿐이다

불이 내 몸에 들기도 전에
나는 벌써 해풍에 껍데기까지 내주었다
산다는 것은 한 줌 흙으로 돌아가는 길이라고
내 앙상한 뼈대가 말해 주고 있었다

바위처럼 한 발자국도 움직이지 않으면서
가장 맹렬하게 살았던 시간과 장면을 추억하련다

내가 꾸었던 푸른 꿈들이 부질없는 짓이라 여기지 마라
나로 인해 숲은 푸르러질 수 있었고,
숨을 쉴 수 있었다

늙은 와불이 해탈에 드는 숲은 적막하다 못해 경건하다
누구라도 후박나무의 생으로 비탈에 누워 볼 일이다

동백꽃

요, 앙큼한 가시내
남들 꽃 피울 때
남쪽 모퉁이로 내려가더니

눈발이 몰아쳐도
덧니 내놓고
살살 웃음기까지 흘리기 시작하더니

맨발로 벼랑 끝에서
시린 이 꽉 깨물고 얌치를 부리더니

동지섣달 내내
젖몸살 부풀어 몽실몽실하더니

요, 가시내 바람났네

부풀 대로 부푼
저, 젖가슴 좀 봐
부끄러운 줄도 모르고 대낮같이 풀어헤쳤네

\>
물오른
저, 젖꼭지 좀 봐
다문다문 일렁이는 불처럼

너를 향한 마음 좀 봐
봄을 향한 눈빛 좀 봐

갈 때는 말 없이 떠나가는
불구덩이, 가시내

석인石人* 일기

　동헌 앞에서 활 아홉 순을 쏘았으나 독처럼 끓어오르는 화를 식힐 수 없다 선조는 조선의 태명이었지만 조정을 소설처럼 버렸다 오늘 밤에는 붓 대신에 석주 화대에 달을 올리고 돌로 사람을 짓는다 바다를 포기하라는 선조의 어명이 있었지만 이제는 통촉하여 주옵소서라는 장계를 올려도 받을 조정이 없다 정을 맞은 돌 모서리가 배롱나무 꽃잎 지듯이 밀려나면, 석인상 가슴마다 水 자가 입을 열어 강물처럼 골격을 세운다 조선의 바다에는 왜놈들이 광해狂海처럼 출렁거리고 있다 석인의 머리가 허물처럼 부조浮彫될 때, 부르튼 손에 피가 배었지만 헝겊을 올리는 일도 사치다 모함받고 조정으로부터 돌아온 날부터 사람에게 속지 말라고 진남관 기와가 넌지시 절하는 밤 선조宣祖는 선조船造조차도 몰라 거북선이 발목을 내놓기도 전에 출전하라는 전갈을 보내기도 하였다 명나라로 건너가는 왕에게 나라는 없었지만, 풀뿌리들은 매영성으로 멸치 떼처럼 몰려들고 있었다 바다를 버리고 퇴각하라는 명령이 두려워 석인石人상을 세우되 귀는 아예 짓지 않는다 조선의 마지막 남은 서까래들이 철썩철썩 운다 약무여수 시무조선若無麗水 是無朝鮮 눈물들이 방울방울 떨어져 나라를 세운다 선조는 조선의 이름만 거꾸로 새긴 왕이었다 뭍이 아닌 오직 바다만을 향해 문절망둑처럼 튀어나온 두 눈을 짓

고, 입은 짓되 구설수의 문을 닫기 위해 아래턱에 철심을 박
는다 퇴각에 길들여져 있는 다리는 자르고 진남관 앞마당에
무릎 깊이까지 묻는다 水, 水, 水, 水, 水, 물결이 열병식을
할 때, 종포鐘浦에서 돌아 나온 바람이 파도 한 자락도 왜구
에게 넘겨줄 수는 없다라는 맹세의 깃발을 한 삽의 붉은 황토
로 새긴다 비로소 석인도 군사가 되어 경계를 선다 조선 땅
여수에는 수군水軍이 된 석인상들이 바다를 목에 묶고, 섬들
도 뚜벅뚜벅 걸어 나와 초병이 된다 여수가 바다의 심장이다
라는 암구호만 석인들 가슴에서 출렁거리는 시월 그믐밤이다

* 석인石人: 여수 진남관(국보 제304호) 뜰 안에 서 있는 것으로, 돌로 만
  든 사람의 모습이다. 임진왜란 때 이순신 장군이 왜구의 공격이 심하자
  이를 막기 위해 7개의 석인(돌사람)을 만들어 사람처럼 세워 놓았는데,
  이로써 적의 눈을 속이어 결국 전쟁을 승리로 이끌게 되었다 한다.

계단

중학생 때 울력에 동원되어
산정에서 나무 계단을 만든 적 있었다

돌로 계단을 짓기 어렵거나 비탈진 곳이면
나무 계단을 만들었다

크거나 작은 나무는 쓸모가 없었다

적당한 나무만
비탈에 누워 누군가의 발길을 품을 수 있는
계단이 될 수 있었다

살아서 한 발자국도 움직이지 못한 나무들이
죽어서야 산정에 엎드려 계단이 될 수 있었다

엎드려 몸을 내주는 계단이 아니었다면
산정에 오를 생각도 하지 않았을 것이다

저 너머 또 다른 세상이 있다는 것
꿈조차 품어 보지 못했을 것이다

>

나는 누군가를 위해 버팀목이 되었던 날 있었을까

죽어서까지도 다시 태어난다는 계단 앞에서

수국

윗집 아저씨
밤 열두 시가 넘어 숭얼숭얼 게걸음 귀가를 하네
현관 앞에서 비틀, 정신 줄 놓은 것 같아도
수국 앞이면 갸웃갸웃

뱀 혓바닥처럼 날름 손 지나간 자리
수국 한 송이 가슴속으로 빵빵하게 들어갔네

달덩이 같은 수국
별빛같이 사라진 수국
옥상으로 올라갔네

달덩이라고
옥상 위에 첫사랑 내려앉았다고
악다구니를 쓰면

달빛도 애처롭게 엎드려서
아저씨 이마를 짚고 휘청휘청

잠 못 이룬 아파트 사람들

이별가로 떼창을 부르는데

현관 앞 수국들
첫사랑 되고 싶어
이삿짐까지 둘둘 말아 챙겨 놓고
아저씨 품 기다리는데

다음 날 퇴근길
열두 시가 되어 나타난 윗집 아저씨
갸웃갸웃
색깔 변한 수국 앞에서
술취 내놓고 수국수국

첫사랑 어디 갔느냐고
고개만 딸꾹딸꾹

구름 한 권

사다리를 별빛에 걸어 두고 구름이 사는 집에 들렀어 구름
은 밤의 연못 푸른 별도 물의 유목에서 파도처럼 떠돌지 잠을
베갯잇에 몰아넣고, 몽롱을 던지면 물음표가 달을 물었어 달
은 감성의 정원에서 생각을 빗질해 원고 한 칸 채워야 한다는
밤의 수작이 백지 집을 지었다가 부쉈다가 구름은 해가 뜨면
사라질 일기예보처럼, 불면은 밤의 페이지였어 소낙비 같은
시절이 구름 같은 것이었다면, 구름으로 사랑을 짓고, 이별
은 강물이 되어 바다를 키웠지 밤은 생을 위한 지상의 뒷면
가난한 밤의 정거장에서 시의 씨앗을 붙잡고 싸웠던 구름 한
권이 생을 만들고 있었어

사랑니

이가 아파 치과엘 갔습니다 사랑니가 썩고 있다는 말 한마디에 CT는 서른 해도 지나 버린 시간과 기억을 찾는다고, 주둥이를 벌려라 다물어라 하며 죄인 취조하듯이 샅샅이 뒤졌습니다 천만번도 더 삼켜 버렸던 사랑이 아직까지도 뿌리로 남아 있을 리 만무하건만, CT는 오두방정을 떨면서 신경 뿌리를 찾는다고 쥐 잡듯이 데작데작 뒤집었습니다 마침내 펜치는 사랑을 뽑을 수 있다고 생각헌 몬양입니다 한참을 실갱이하더니 뽑지도 못하고 그만 뚝! 뿔라 부렀습니다 사랑을 뽑을 수 있다고 생각한 의사가 바보지요 보기만 해도 빳빳하게 가슴이 커지던 스무 살, 사랑한다고 수없이 영혼으로 맹세했던 말들이 아직도 성깔로 남아 있었나 봅니다 하기사 죽을 때 무덤까지 갖고 가는 것이 첫사랑이려니 실패한 첫사랑은 아닌 몬양입니다 풋풋한 첫사랑은 생의 절반을 훌쩍 넘어서고 있는 지금도, 험한 시상을 항꾸네 건너고 있었던 것이었을까요 사랑은 강물 같은 시간이 흘러도 섬처럼 덧니를 내놓고 뽑을 테면 뽑아 봐라 뽑히지 않겠다고 버티다가, 자결했을 수도 있었겠다 생각하니 마음이 짠합니다 부러진 사랑니를 차마 버리지 못하고 첫사랑 그녀에게 증표로 보낼까 생각 중입니다

현수막

손발 묶여 사는 삶도 있다
허공에서 펄럭이는 몸
잘리지 않으면 내려갈 수 없다

강제 철거
마음이 찢겨 나가면서 삼킨
빨간 말이었다

뿌리 뽑힌 들꽃들의
분분한 이주移住
땅 위에는
한 켤레의 신발을 들여놓을 수 있는
곳이 없다

길 끝난 골목엔
망루가 세워지고
용역과 깡패가 몽둥이 휘두르고
포클레인 굉음이 도로를 질주한다

거미줄같이 디뎠던 집의

울타리가 나부낀다

한숨이
벽을 친다

너에게로 가는 길

지상의 사랑이 소금쟁이 발자국처럼 가벼워질 때
기차를 타고 포스토이나 동굴 속으로 들어가자

불빛도 숨이 닿지 않았던 땅속
사랑은 어둠과 기다림 속에서 자라는 것이라는 듯

천장에서 자라난 종유석과
바닥에서 솟아난 석순들이
서로를 그리워하고 있었다

동굴 속에서 천 년 동안 껴안고
빛을 보지 않아야만
비로소
1센티미터의 사랑을 키울 수 있다는

기다림의 시간이 이루어 놓은 간절한 풍경

얼마나 깊어져야만 그리운 이름을 올리고
또 참고 견뎌야만 사랑을 지을 수 있을까

\>

너라는

저 꼭지점을 향하여

부재의 바다

그날도 내가 할 수 있는 일은 어둑해진 선창가에 나가
어머니가 잡아 온 게들의 눈빛과 이력을 탐색한 뒤에
무혐의 처분을 내려서 바다로 돌려보내는 것이었다

등딱지에 저마다 안테나를 세운 게들이
어머니의 초조함을 비웃기라도 하듯
팔자걸음을 느리게 출력하며 갯벌 쪽으로 돌아가곤 하였다

아버지는 평생 노를 저었지만
물길을 따라 달나라까지 건너가 버리셨는지
행방은 소문으로만 가끔 철썩거려 주었을 뿐이었다

여름 한철 매미처럼 울다 지친 어머니는
결국 마른 장작처럼 속내가 비쩍 야위어
조금의 물때가 이루어 놓은 갯벌 바다를 뒤집기 시작하였다

무릎으로 널의 균형을 잡고 발목을 잡아채는
갯벌의 입을 짓이겨 길을 만들어서
매일같이 수평선의 끝까지 나갔다 오곤 하였다

    >

    그곳이 마치 이승과 저승의 경계라도 된다는 듯

    바다의 밑바닥까지 뒤져 보아도 아버지의 흔적은 보이지
않았다

    그때부터 당신은

    등딱지에 안테나를 올리고 달과 주파수를 맞추던 게들을

    목격자로 지명했는지

    아니라고 자꾸 손 하나를 번쩍 들어 올렸다가

    구멍 속으로 달아나는 죄 없는 게들을 잡아 오기 시작하
였다

    게들은 정말 모른다며 뻐끔뻐끔 눈물을 흘리고

    어머니는 아마 이놈들은 알고 있을 것이라고

    나에게 자꾸만 수사를 의뢰하는 젖은 눈빛 속에

    그해따라

    부재의 바다, 어머니의 질긴 갯벌 위에는 게들이 유독

    부산하게 꼬물거렸다

    게들은 바다의 비밀을 알고 있었는지

젓가락 심리학

우리의 마음이 젓가락이었다면
혼자서는 콩 한 쪽도
가져올 수 없다는 것을 알았을 거야
엄지와 중지 사이에 누워
서로 눈을 바라보며 보조를 맞추고
나란히 걸어가면서 살아간다는 것을 알았을 거야
사람살이도 마찬가지일 게야
손가락 발가락 맞추면서 걸어가라고 젓가락일 거야
두 사람이 손잡고 건너야 물웅덩이도 두렵지 않고
생의 풍미를 품고 살아갈 수 있거든
산다는 것은 하루하루 삶의 가락을 맞추는 일
혼자라면
저 맵고 뜨거운 국물 속까지 뛰어 들어갈 수나 있었겠나
함께라서
어둡고 깊은 곳까지 숨을 던져
찬밥 더운밥 가리지 않고
국물 대신 알맹이만 건져 올렸겠지
밥 한 끼 나눌 사람이 곁에 있다면
달걀프라이도 달덩이 같고
멸치 한 마리도 고래처럼 뜰 수 있을 거야

젓가락 한 짝처럼 서로 기대고 살아간다면
삼시 세끼 낭만만 먹게 될 거야
입술만 넘기게 될 거야

회양목 잘리던 날

좌르륵 좌르륵

김 주사의
회양목 자르는 소리

가위 대신에 기계톱이
웃자란 푸른 가지들 날리는 소리
꽃잎마저 잘리는 소리

좌르륵 좌르륵

하굣길
발걸음 붙잡는 소리

수업 시간 잘려 나갔을 아이들 새싹 소리

숨까지도 잘려 나가
꽃도 피우지 못하고 사라져 버렸을 비명 소리

좌르륵 좌르륵

꿈마저 잘랐던 고함 소리
좌르륵 좌르륵
선생 발걸음 잘리는 소리

백수白手의 기억

자벌레처럼 방구석 뒹굴거리며
한 걸음도 내딛지 못한 여름 끝자락

살 썩는 냄새만 풍긴다며
어머니의 손 주먹이 정오를 알릴 때

여름을 물었던 풋고추 한 입
차마 넘기지 못하고 놓아 버렸다

이빨 자국을 피해 간 자리
반 토막 속, 고추벌레

꿈틀거리며 첫마디가

'에이 벌레만도 못한 놈'

촉수가 머리통을 친다

풋고추 반을 잘라 먹었는데
이빨에 물렸을 것 같은 고추벌레

>
파란 여름을 뱉어 내다가
벌레만도……
한참 동안 서로를 노려보았다

가라앉다

비
비비
비비비
여름 한낮
먹구름이 낳은
사생아들 혼외자들
엉덩이를 쑥쑥 내밀 때마다
둥근 눈동자가 되어 지상으로 내려온다
팔 벌리고 받아 보지만 감춰진 출생의 비밀들은
낮은 곳으로 雨雨雨 뛰어가는 사라져 가는
그리움들, 물음표처럼 답이 없다는
悲悲悲悲 悲歌 내린다
갈길 바쁜 비비비
낮은 곳으로
흩어지는
비비비
비비
비

물은 차오르고, 차오르는 물은 넘치고 넘치다가

어느 순간 방죽을 확 터트린다는데
그대 향한 방죽은
부풀 대로 부풀어도 대포 한 발 발사하지 못할까

담벼락 하나 허물지 못하고 들어갈 수 없는 안타까움이여

제4부

키질

할머니가 마당에 쪼그리고 앉아
석양을 불러 모은다

참깨, 들깨 대신 손주를 얹어 놓자
노을이 바쁘게 키질을 한다
호박잎 넘기는 마파람보다 가볍다

고생했네, 고생했네라는 추임을 넣어 가며
좌아 좌아 까불고 싸아악 싸아악 어르고 달래면
쭉정이는 밀려나고 알곡만 남았다

키질이 올라갈 때마다
쭉정이는 두엄 밭으로 가야지, 가야지
환청!
세끼 밥그릇 부딪히며 살아온 내게 주신 할머니의 말씀

행여나 다시 한번 체로 걸러 봐도 북데기뿐
슬렁슬렁 흔들어 봐도 알곡 없다

산마루로 떠날 채비 하시는 할머니께
성근 체라도 하나 들이겠다고 말씀드려야겠다

낭만포차

고구마 순처럼 도회지에 뚝뚝 던져졌다
김밥 한 줄도 배불리 먹을 수 없는 뒷골목 입들이었다
국수처럼 긴 하루를 뚝뚝 끊으며 낭만포차로 들어갔다

간이 의자에 마음만 앉히면 누구나 주인이 되는 집
노동의 하루가 저물고 생의 부화가 다시 처방되는 곳
하루치의 달빛이 쏟아지면 키 작은 바다가
부추처럼 흔들리는 가슴의 그늘을 만져도 좋을 사람들의 집
이었다

연어처럼 떠돌았던 생의 바다를 건져 올리고 있었다
생은 알전구처럼 위태로웠지만 한 접시의 안주보다 따뜻했다
술잔은 가난을 넘는 징검다리가 되었다

바다가 출렁거리는 것은
수평 한 줄 채우기 위해서라고 위안을 삼을 때
잔은 하루의 슬픔을 받아 내기에 충분했다

항구를 찾아드는 밤배는 기적汽笛을 울리며
등대의 근심을 잠들게 하지만

세간살이 몇 개를 짊어진 우리들의 발걸음은
조명에 쌓인 도시에서 어디로 갈지 모르고 철썩거렸다

박꽃

별을 닦는 손은 하얀 꽃물이 든다

산줄기 같은 눈매를 열여덟 초례청에서 만나
가슴에 묻고 산 시간이 맨발이었다

물로 배를 채워 가며 품을 팔았던 여름날들
식은 밥 한 덩어리가 진수성찬

먹감이 주먹처럼 이념을 쥐었다 폈다 하던 날
밤송이처럼 툭툭 쏟아져 내리는 군홧발 소리

꽃잎마저 가슴을 움켜잡는 순천 농림학교 운동장
난닝구 차림으로 손발 묶인 스물의 청춘은 짐승이었다
대전형무소로 이감되었다는 풍문이
사립문 허리를 끊어 내는 밤이면
꽃은 사슴처럼 귀를 세우고
젖 물린 아이 두어 번 품에 안겨 준 것이
가마솥처럼 따뜻했다

지달리지 말고 애기 핵교랑 보내소

죄가 있어도 죽고 죄가 없어도 죽어야 헌당께
1초의 재판도 없이
즉결처분으로 시체를 부려 놓고 갔던
여순

형무소 담벼락 아래에서 신기료장수에게 들었던
가마니에 둘둘 말려 매장되었다는 당신의 목숨
한 줌 재조차도 안아 보지 못해
바가지 같은 무덤 하나 짓지 못해

밤마다 하얗게 불러 보다 지쳐 잠든 이름

박꽃

휴대폰 조사弔詞

버튼만 누르면 다시 만날 수 있을 것 같은
버튼으로 환생한다는 이곳
너만 없다

1초면 생을 포맷하고 환생한다는데

치맛단에 스위치라도 달아 둘걸
옷고름에 마음이라도 묶어 둘걸

지나온 시간들이 조사弔詞를 쓰네

그대 품에서
밥을 먹고 커피 한 잔으로 풍경을 담고
궁하면 돈까지 빌렸지
안 되는 것 없었고
못 할 것 없었어

잠들면 머리맡에 함께 누워 깨워 주고
버튼만 누르면 비가 언제 올지
마스크를 쓰고 외출을 해야 되는지

어떤 옷을 입어야 하는지
신보다 유능했지

때론 산다는 것이
작별을 배우는 시간이란 것만 몰랐지
이별이 순간이란 것까지도

전원만 누르면 다시 부팅될 줄 알았지
안 되는 세상이 있다는 것을 몰랐지

얼굴

—세월호 사건

거품이 거품을 밟고 올라 거품을 올린다
거품이 거품을 입에 물고 토악질을 한다
거품이 거품으로 손목을 비튼다
거품이 거품을 짓누르고 사는 세상

거품은 너와 나의 얼굴에서
거품은 너와 나의 가슴에서
피어나는 소리, 침묵의 얼굴
속 빈 방울, 방울들이 방울을 달았을까
저 방울들이 내 발목 복숭아뼈에 방울을 달아 주었을까
방울을 달고 거품 위로 오른다
거품은
오래된 친구 같은 것

오직 소리로만 동공을 만들었던 세상
동공에는 언제나 거품만이 살고 있다

하수구를 지나 개천을 너머
하나씩 짊어지고 태어나는
감추고 지나가는 바람처럼
저 거품 같은 것들이 내게도 있었다

들어가라는 말

전화를 할 때마다 끊어라 하지 않고
들어가라고 하신다
이 말보다 더 따신 말이 또 있었을까

반백 넘는 길목에서도
하루를 씻기고 토닥거리는 말

어미와 새끼라는 목숨을 이어 주는 말

목소리만으로도 하루를 매만지며
점을 치시곤 하던, 들어가라는 말

알았다나 끊자라는 말 대신에
마음 문을 열었다 닫아 주는 들어가라는 말

가마솥에서 막 퍼내 온
더운밥 한 그릇 주시고 떠나가시는
참, 좋은 말

들어가라는 말

배부른 소리

뒤란에서 어머니의 애간장이나 만지작거렸을 항아리들이
장독대를 탈영하여 도로변에 서 있다

가문의 건강을 완장처럼 차고
단맛, 쓴맛, 매운맛으로 배불렀을 항아리들
세상살이에 간 맞추려고 눌러 앉았다

꼴 좋은 세상이다
열받아 뚜껑조차 열고
할 말 많아 입까지 불어 터져 버린
저 빈 독들

반질반질 빛나는 몸속 들여다보며
뭣 같은 세상 하소연하면서
꿀밤 한 대 튕겨 주었을 뿐인데

눈부시게 살고 싶으면 짐 내려놓으란다

어디서 저런 철학 배웠을까
천도의 불 앞에서 쪼그리고 앉아

몇 날 며칠 동안 세상살이 배웠을까

만질 때마다 배불러 오는 항아리들
썩어 빠진 세상 간 맞추려고 여기저기 서 있다

11월의 나무

11월은
다시 서는 것을 배우는 시간

나무여,
얼마나 혹독해야 잎을 떠나보내고 직립으로 설 수 있는가

눈 내리는 겨울을 준비하는 것들이여

탁발 떠나는 나무들과 수행하는 나무들로 두렵다

설법說法을 듣는 11월의 나무여

껍질을 밖으로 내던지고
한 바지게의 눈을 뒤집어쓰며
나를 배우고 싶다

한 잎만큼의 성숙을 위해
뼛속까지 낮춰야 직립으로 돋아나는
푸른 이파리를 위해
나를 내려놓고 싶다

마지막 잎새 앞에서
울고 있는 나무여!

토룡전土龍傳

　기다란 몸으로 태어나 흙에서 죽어야 하는 농투성이, 비가 내리면 처마까지 잠겨 생은 위태로운 외줄, 한 끼 밥을 위해 손톱 밑에 기름때를 키우고, 콘크리트 바닥에서 몸 굴리며 하루하루 살아간다 구렁이가 될 수 있다는 비참한 신화 하나만 믿고, 통증을 잊기 위해 한두 잔의 술을 추억한다

　지릿한 생은 오늘도 짓밟히고, 망가지고, 보리밥처럼 흩어져 버리는 골짜기, 저 봉분 같은 통증 잊기 위해 한두 잔 들이부었던 취기로 태양은 빨갛게 저녁으로 사라지고, 센 놈에게 언제 밟힐지 모르는 순간, 내 생은 수습되지 않은, 영정 사진 한 장 없이 또 흙으로 돌아가야 한다 절뚝거리는 밤마다 이팝꽃으로 피어나는 고봉밥을 꿈꾸는

식구

칠월 볕이 고춧대 가랑이를 부여잡고
삐질삐질 땀 흘리는 한낮

아흔의 아배는
말순이가 새끼를 열두어 마리나 낳아서
어쩔랑가 모르겠다고 투덜투덜

어매는
사람 먹는 우유를 개밥에 부어 놓았다고 궁시렁궁시렁

아배는
사마구같이 쫄아 붙은 대여섯 개 젖으로
열두어 마리 새끼를 어떻게 키우겠냐고 한숨

어매는 두 가슴으로
열둘 농사도 거뜬히 지었다고 야단법석

낮잠 자는 길고양이 수염을 만지작거리는
더운 여름 시골집

묵사발

흥국사 꽃무릇 만나러 갔던 날
떫은 도토리 몇 알 툭툭 발길 붙잡는다

부처님 도량 자비 생각하다가
설마 도토리쯤이야 하고 셈하다가
에라 모르겠다
묵사발이나 한 그릇 먹어 보리라

갈참나무 아래에서 서너 됫박 도토리를 주웠다
재우고, 불리고, 까부리고, 말렸더니
묵 한 그릇 배불리 먹고 잠들 수 있었다

흔들어 깨우더니
그 버릇 아직 못 버렸냐고

무엇이 부족해 산에까지 와서
겨울 식량 빼앗아 가냐고

대웅전 앞에 가부좌를 틀어 놓고
처마로 등짝을 후려치던 사천왕상의 후예 같던

다람쥐

일주문 빠져나올 때
볼주머니 왈왈거리며 노려보았던 놈들에게 걸려
묵사발 나게 맞았다

참! 나를 찾아 줄, 참나무 한 그루 심으러 가야겠다

줄을 선다는 것

자판기 속 커피 한 잔도
좁고 어두운 길목에서 줄을 선다는 것

누군가의 빈 손과 텅 빈 가슴을
따뜻하게 덥혀 줄 시간의 미지를 향하여

세상에 존재하는 모든 것들은
지푸라기 한 낱까지도
줄을 서서 있다는 것

사람들도 때론 출세를 위해
집을 옮기고, 인맥을 만들고, 신념을 바꿔 가며
줄을 선다는 것

나는 지금 어떤 줄 위에 서서
표정을 간직하고 있었을까

아이들에게 매를 내린 손과
어린 순 하나 올리지 못한 언어로
한순간의 자책도 없이

표정만을 간직하면서 줄을 서지는 않았을까?

내 앞에도 줄은 있다
가다 보면, 투욱 끊어지기도
한참이나 에돌아가기도 해야 하는 그런 줄이
줄을 서서 있다는 것

나는 어떤 줄을 기다리며 줄을 서기를 바라고 있었을까?

긋다

산들도 강줄기를 베개 삼아 낮잠에 빠져 있을 때
팔순 노모의 거친 숨소리가 전화기 속으로 건너왔다

애들을 가르치는 니가 논두렁을 그렇게 깎으면 죄받는다는 것
어떻게 우리 쪽 잡초만 깎고, 옆집 논배미 쪽은 나몰라라 할
수 있냐는 것

사람이 그라믄 못쓴다

문짝도 앞뒤가 있어야 세상을 향해 열리는 벱이라며
타박은 한동안 계속되었다

우리 쪽 잡풀을 깎아 준 일도 없었는데
우리만 맨날 그 집 잡풀을 깎아 줘야 할 이유도 없었을 터였다

어머니는 부실한 허리를 놀리며 여름 한낮에
옆집 논두렁 잡풀을 손으로 다 쥐어뜯고 왔다며
니 아버지는 늙어 죽을 때까지
논두렁에 난 풀을 그렇게 깎지 않았다고 했다

\>

옆집 논두렁 풀이 자라면 결국 우리쪽 풀이 된다며
잇속을 챙겨야 될 때가 있고, 손해를 보아야 할 때가 있다며
노구의 거친 말투가 계속되었다

대답 없는 나에게
세상 그렇게 사는 법이 아니라며
여름 한낮 현관문에 물벼락 한 바가지를 보내셨다

애기섬의 우화

내 귀에 파도가 산다

출렁거리며 잔이 채워지고
넋두리가 소리꾼의 요령처럼 흔들렸다

형제에게 총구를 겨눌 수 없다는 선창에
머리 짧은 학생
흰 고무신을 신은 아재
군용 팬티를 입은 인민들이
제주로 떠날 수 없다고 후창을 했던 시월

종산국민학교 플라타너스마저 이태 잎을 지우고 흩날렸다

풋고추 하나 준 일 없어도
부역자였고
빨치산에 쌀 한 톨 준 일 없어도
따지지도 묻지도 않으면서
수장시켰던 보도연맹

칠십 년 지나

수백 명의 원혼비 하나 세워 놓고 떠나 버리면
애기섬의 울음은 누가 꺼내 주느냐는
남해 외딴섬

누가 누구를 수장시켰는지
원혼의 이름이라도 불러 주라던
애기섬의 파도 소리와
검게 돋아난 몽돌이 휘몰아치던 흰 바람벽에

그를 안고 보냈던
하룻밤

종[奴]

종이 울린다
이부자리를 자르려 들고
나를 일으켜 몰아낸다

머리를 감기고
옷을 입히고
일터로 내몬다

종이 울리면
교실로 들어가고
종이 울리면 문을 닫는다

시간은
외출을 벗기고 침대에 눕힌다

자명종에 손이 간다
하루 종일 나를 끌고 다녔던 시간을 살피고
모닝벨을 확인한다

나를 끌고 다녔던 시간의 업보가

방울을 달고 태어난 죄 때문만은 아닐 것이다

시간의 종[奴]이 되어 버린
종鐘의 노예가 되어 버린
하루하루

나란
길들이는, 길들여진 시간만 있었을 거야

모래도 눈 뜨는, 만성리

검은 모래가 눈 뜬다는 음력 사월 만성리
신경통에 떠밀려 자리를 편다

짱짱하게 내리쬐는 모래밭
내 부끄러움을 가리기엔 파라솔이 작다

머리에 상여를 질끈 동여매고 누워
백 년 넘는 세월을 기다리면 미라로 되살아날 수 있을까

백이십여 명의 사체가 장작더미에 올려졌다는 형제묘
삼 일 밤낮 기름으로 태워져 매운 재로만 남은 가슴들이
은빛으로 철썩이며
사월이면 아직도 검은 모래로 눈을 뜬다는데

누가 죽었는지, 누가 죽었는지
함께 뒤섞여 있다는 절벽 앞에
꽁치처럼 주둥이만 내밀고 맨몸으로
햇볕을 둥글게 말고 있다

열차도 발목을 적시고 간다는 만성리

사월이면 배들도 머리를 숙이고
모래톱을 쓰다듬는다는데

나는 왜 뜨겁게 한 솥 군불을 지피지 못할까
검은 모래로 눈망울이라도 다독이면
여순의 노랫가락 한 소절 피워 올릴 수 있을까

백도식당

백도식당에 들러
아귀와 서대(舌魚)로 허기진 배를 달랬거든

문앞에서 고맙다고 인사를 건네는
훤칠한 키의 은행나무를
한 번쯤 올려다보자

가슴에 백미러를 달고 있는 그를 보고
왜 백도back道(後) 식당인지 생각해 보는 것
이것이 손님의 최소한 예의다

아귀처럼 큰 입과 날카로운 이빨로 험담하지는 않았는지
불빛이 없다고 혼자 숨지는 않았는지

서대 눈처럼 세상살이를 한쪽으로만 살지는 않았는지
거친 물살을 피하기 위해 뒤척이지는 않았는지

꾸덕꾸덕 말라 가는 인심 앞에서 밥 한 끼 나누려고 했었는지

흔들리는 발길 멈추고

가만
가만히
게걸스럽게 먹었던 밥상
지난 시간 뒤돌아볼 일이다

돌아보면, 거기 삶의 여백이 있다

문신(시인, 우석대 교수)

1

　신화나 설화에서 '금기의 위반' 모티프는 매력적인 서사를 구성하는 핵심 요소이다. 오르페우스 신화가 그중에 하나다. 아내 에우리디케를 저승에서 데려올 수 있도록 해 달라고 간청하는 오르페우스에게 죽음의 신 하데스와 페르세포네가 조건을 내건다. 에우리디케가 뒤를 따라 저승길을 걸어 나올 텐데, 무슨 일이 있어도 오르페우스가 돌아보면 안 된다는 것. 그 결과를 우리는 잘 안다. 저승 세계를 벗어나기 직전에 오르페우스는 궁금함을 견디지 못하고 뒤를 돌아보고 만다. 그 순간 에우리디케는 애처로운 눈빛으로 오르페우스를 올려다보고는 다시 저승으로 끌려 들어간다. 에우리디케가 그 자리에서 소금 기둥으로 변해 버렸다는 버전도 있는데, 소금 기둥이든 다시 저승으로 끌려 들어갔든 중요한 건 금기가 위반

됨으로써 한 편의 신화가 완성되었다는 사실이다.

이런 이야기를 인간 상상력의 하나로 치부해 버려도 좋을까. 그렇지 않다는 걸 우리는 잘 안다. 신화는 인간이 상상해 낸 신들의 이야기가 아니다. 신화는 신을 위한 이야기가 아니라, 우리 인간의 존재론적 본질과 본능을 암시하는 인류 전체의 자기 고백이다. 그렇다면 인간의 존재 조건 가운데 가장 핵심적인 가치는 무엇인가. 여러 이야기를 할 수 있겠지만, 대부분 동의할 수 있는 가치는 유한성이 아닐까. 영원히 살 수 없다는 사실을 우리는 잘 안다. 그리고 또 하나, 인간은 단 한 번밖에 살 수 없다는 유일성의 존재이기도 하다. 정리하자면, 인간은 한 번밖에 살 수 없는 존재이자 언젠가는 죽을 수밖에 없는 존재이다. 이러한 존재론적 한계는 벌어진 일은 돌이킬 수 없다(에우리디케의 죽음)는 가르침을 주는 동시에, 그러함에도 인간은 지나간 시간을 다시 살아 보고 싶다(오르페우스의 돌아봄)는 욕망의 역설적 상황을 만들어 낸다. 그러니까 돌아보지 말라는 금기는 기본적으로 인간 본질과 욕망이 실현할 수 없는 신의 영역에 해당하고, 그것이 인간의 영역에서는 필연적으로 위반될 수밖에 없는 현실이라는 것이다.

그런 면에서 이번 시집에서 천착하고 있는 허승호 시인의 시 세계는 '위반된 돌아보기'의 한 양상이라고 할 수 있다. 그가 「시인의 말」에서 밝힌 것처럼, "뒤돌아보지 않아야 한다는/ 말을 가슴으로 누르고 살았다"라는 각오는 이번 시집을 통해 명백하게 위반되고 말았다. 그는 지나간 삶의 순간들을 끊임없이 돌아보고 있으며, 시집에 실린 시편들은 그 돌아봄의 증거가 되기에 충분하다. 에우리디케가 잘 따라오고 있는지 확인하기 위해 무심코 돌아보았던 오르페우스의 눈에 비쳤던 그 눈빛처럼, 그리고 에우리디케가 저승으로 다시 끌려 들어가고 남은 그 빈자리처럼, 허승호 시인의 돌아봄은 "반성문같이 서 있는 여백"(「안개」)과 마주하게 되었고, 이 시집을 통해 그는 여백 안에서 "부딪히고 어그러져 버렸던 날들/ 서로 붙잡고 놓지 않은 것이/ 사람살이"(「그릇 부부」)라는 사실을 거듭 드러내고 있다.

2

허승호 시인이 가슴으로 눌러놓았던 '반성문 같은 여백'은 경험의 재구성과 다른 의미가 아니다. 인간이 살아가는 형식은 '경험하기'의 지속적인 누적이며, 모든 인간의 자의식을 구성하는 '나'라는 현존재는 지나온 시간이 집결된 잠정적인 결과에 해당한다. 우리가 생각하는 자의식은 각자가 경험한 세계의 내용에 불과하다는 뜻이다. 그러므로 '나'를 확인하는 일은 내가 나의 경험 영역을 돌아보는 일이고, 과거의 시간을 반성적으로 소환하는 일이며, 이러한 반추를 통해 과거를 '여백'으로 만드는 일이다. 이것이 중요하다. 과거를 여백으로 만드는 일.

과거를 여백으로 만든다는 의미를 한마디로 설명하기는 어렵다. 이 명제를 풀어내려면 '과거'라는 시간에 대한 해명이 전제되어야 하고, '여백'이라는 시공간적 사유 대상에 관해서도 면밀한 검토가 선행되어야 한다. 따라서 이제 보게 될 논의는 그것의 한 단편에 불과할 것이며, 허승호 시인의 시를 읽기 위한 임시적 방편으로 활용된다는 점을 이해해야 한다. 그렇다면 먼저 과거. 한 개인에게 과거는 내면화된 경험에 관한 인식 내용에 해당한다. 이른바 '기억'이라는 생물학적이고 심리적인 내용이 '회상'이라는 의지적 행위를 통해 복구되는 대상이라는 뜻이다. 따라서 개인에게 '과거'는 시간 개념보다는 경험된 사건의 의미가 더 크고, 그것이 회상이라는 인간 의지를 통해 언제든 다시 경험될 수 있는 내용 대상에 가깝다. 그렇다면 '여백'이란 어떤 상태를 말하는 걸까. 단순하게 생각하면, 여백은 회상을 통해 과거의 경험 내용이 현재로 소환되었을 때 발생하는 과거의 공백 상태이다. 과거의 내용이 현재로 끌려옴으로써 과거는 존재하지 않게 되는 상태라는 것이다. 비유적으로 말하자면, 한 사람이 앉아 있던 의자에서 일어나 누군가를 만나러 갔을 때 그가 앉아 있던 의자에 더는 그 사람이 존재하지 않는 상태가 바로 '여백'에 해당한다.

그러므로 과거를 돌아보는 회상 행위에는 두 개의 시선이 발생한다. 하나는 현재로 소환된 과거의 경험 내용을 향한 시선이고, 다른 하나는 현재로 소환됨으로써 텅 빈 과거 자체를 향한 시선이다. 보통의 사람들은 현재로 소환된 기억 내용에 초점을 맞추지만, 허승호 시인의 시선은 여백에 닿아 있다. 그럴 때 그 여백은 현재로 소환된 경험 내용을 만들어 낸 삶의 구체적인 맥락을 보여 준다. 이것이 허승호 시인이 말하는 '반성문 같은 여백'의 의미다.

> 왼손잡이었다
> 오른손잡이를 만나면 죽음까지 몰고 갔던
> 비켜설 줄 몰랐던 때가 있었다
> 바짓가랑이를 적시던 곡우가 그치면
> 줄기들은 허공에서 목덜미를 졸라
> 오월, 보라 꽃으로 집 한 채 올렸다
> 타인의 등을 밟고 지은 집
> 살기 위해 쇠기둥도 먹어 치웠고
> 똬리를 틀면 시멘트조차도 사라지게 하는 잡식성
> 물면 놓치지 않는 살인자였다
> 생은 둥지를 나누는 것이었다지만
> 덩굴 속 세상은 뒤통수를 훔치거나
> 뒷덜미를 끌어내렸다
> 겨울이면 사라져 버릴
> 갈등葛藤 한 채를
> 허공에 얹고 살았던
> 쉰 무렵의 나였다
>
> ―「등나무뿐이었을까」 전문

　등나무는 허공에 줄기를 세우고, 그 줄기의 견고함을 바탕으로 한층 더 높은 허공으로 생활의 거처를 옮겨 가는 방식으로 존재한다. 물론 그 허공에는 길잡이처럼 단단한 기둥 같은 것이 서 있고, 등나무는 그 기둥에 의지하는 경우가 많다.

허승호 시인에게 그러한 등나무의 존재 방식은 "타인의 등을 밟고" 자기의 집을 짓는 행위를 실현한다. 그렇다고 해서 등나무가 전적으로 다른 존재에 기댄 삶을 사는 건 아니다. 알다시피 등나무 "줄기들은 허공에서 목덜미를 졸라/ 오월, 보라 꽃으로 집 한 채 올"리는 과정에서 자기와 얽혀 자기를 "죽음까지 몰고" 가기도 한다. 이러한 등나무의 존재론적 속성은 한 인간이 살아가는 삶의 과정을 상징적으로 보여 준다. 그러니까 한 개인이 존재하기까지는 "목숨을 주고받으며 슬픔의 깊이로 울타리가"(「엄마의 젖」) 되어 준 노모가 있고, "백일홍이 피었다 질 때까지/ 논밭으로 오고 갔던"(「아버지의 방」) 아버지의 발걸음이 있던 것이다. 세상의 모든 자식은 이렇게 부모의 등을 밟고 올라가 자기만의 집을 이룬다. 이 시는 그렇게 "갈등 한 채를/ 허공에 얹고 살았던/ 쉰 무렵의 나"를 돌아보고 있는데, 이러한 반성적 기억 행위를 통해 허승호 시인이 보여 주고자 한 것이 "멍에처럼 짊어지고 살았던 마지막 숨"(「쟁기론」)이라고 한다면 너무 앞서간 것일까.

알다시피 우리 인간이 짊어진 가장 무거운 '멍에'는 '살아 있음' 자체이다. 우리는 "살기 위해 쇠기둥도 먹어 치웠고" "물면 놓치지 않는 살인자"이기를 마다하지 않았다. 살아 있기 위해 "뒤통수를 훔치거나/ 뒷덜미를 끌어내"리기도 했다. 허승호 시인은 이와 같은 '살아 있음'을 '갈등葛藤'으로 비유해 내는데, 그의 시는 이러한 갈등을 핵심적인 구성 방식으로 활용하고 있다. 갈등의 본질이 존재와 존재가 얽히고설켜 비로소 온전하게 자신을 구성해 가는 과정이라는 뜻에서 그렇다. 그런 의미에서 인간은 갈등하는 존재인지도 모른다.
"절벽과 절벽 사이를 걷는 것이/ 우리네가 사는 일"(『절벽을 그
리다』)인 것처럼.

손수레가 동네 한 바퀴를 돌 때면
골목길도 허리를 내려놓는다

구긴 종이 한 장을 말려도
등거죽을 달래 줄
물 한 모금조차 되지 못한다

눈발이라도 간혹 몰아칠 때면
서로가 젖은 눈빛을 다독거리며
손수레를 밀기 시작한다

땀에 젖은 몸을 바싹 말려야
비로소 찬밥 한 덩이가 되는
고물상 저울 앞에

폐지들도 목숨값을 위해
야윈 몸피를 키우려고 바람에 펄럭이고
손수레를 끌었던 할머니는
젖은 몸을 눈금에 말리며
얼굴 붉혔던 삶들을
행간마다 슬몃슬몃 내려놓고 있다

밥 한 끼가 눈금 위에서 흔들리고 있다

　　　　　　　　　　　　　　　　—「폐지를 말리다」 전문

　'멍에'가 비유적인 차원에서 우리 삶의 버거움을 말한다
면, '손수레'는 삶의 구체적인 실전을 보여 주는 사물에 해당
한다. "등거죽을 달래 줄/ 물 한 모금"을 얻기 위해 "서로가
젖은 눈빛을 다독거리며/ 손수레를 밀"어야 하는 게 우리의
삶이다. 그렇게 해서 얻을 수 있는 게 고작 "찬밥 한 덩이"에
불과하겠지만, 그마저도 우리의 삶은 저울 위에 올라서면 흔
들릴 수밖에 없다. 삶은 '저울'이라는 세상의 척도로는 정확
하게 규정될 수 없으며, 좀 더 본질적인 의미에서 개별적인
각자의 삶을 가늠할 수 있는 '저울' 자체가 존재하지 않는다는
뜻이다. 이런 점을 폭로하기 위해 허승호 시인은 사는 일을
갈등에 빗대었는지도 모른다. 갈등한다는 건, 다른 의미에서
끊임없이 반성하는 행위이니까. 따라서 "눈금 위에서 흔들리
고 있"는 "얼굴 붉혔던 삶들을/ 행간마다 슬몃슬몃 내려놓"는
행위는 계속해서 "생의 무게를 저울질"(「연두」)하는 허승호 시
인의 구체적인 반성적 행적이 될 것이다.

3

　허승호 시인에게 자기반성은 "마음도 뿌리 내리지 못한
날/ 굽을 세운 꽃대가 생을 오독"(「연꽃」)하는 행위와 다르지

않다. 그렇다. 모든 자기반성은, 저울의 바늘이 한 지점을 가리키지 못하고 흔들리는 것처럼, 명백한 '오독'의 과정이다. 그런 이유로 인간은 본질상 "미생"(「물의 노예, 배의 귀환」)인지도 모른다. 부족하고 모자란다는 의미가 아니라, 단번에 규정되지 않고 계속해서 자기를 구성해 간다는 의미에서 그렇다. 결국 오독이나 미생은 도래하지 않은 완성을 이야기하는 다른 표현에 해당한다. 따라서 자기반성이 그치는 순간 모든 오독은 끝이 나고, 반성 없는 삶은 마침내 완성된다. 여기서 '마침내'라는 의미는 다른 게 아니다. 더는 지속되지 않는다는 것. 그리고 인간의 유일하고 유한한 존재론이 실증적으로 증명된다는 것. 따라서 오독 없는 삶과 반성 없는 삶은 존재의 소멸(죽음)로써만 가능해진다.

이모는
목장갑 한 켤레를 유언처럼 남기고 떠났다

옥탑방 냄비 끓는 소리처럼 들썩거렸던 일상은
십자가가 박혀 있는 광목천이 마지막 문장이었다

소주 한 잔으로 사십 줄의 생을 산에 묻고
어둠 속에서 환생하는 십자가를 본다

지붕 위에서 몸을 묶고 있는 십자가

발가락마다 지친 달을 달고 살았던 이모에게

십자가는 빨갛게 불을 켜고 있는 종착역

잔업, 특근, 최저임금의 탄환은
응급 환자의 마지막 비명처럼 기적을 바랐지만
어린 조카 둘을 두고 떠났다

영정 앞에서 울려 퍼지던 찬송은
오래된 혀의 심장처럼
복면을 쓰고 이 밤도 도심을 배회하고 있다

십자가는 언제까지
기름밥 먹은 목장갑을 헌금처럼
받아들일지 지켜볼 일이다

—「오래된 혀」전문

이 시에서 "목장갑 한 켤레"는 "이모"의 "유언"을 비유하는
사물이자 이모의 삶을 대리하는 증거로 사용되었다. 목장갑
과 같은 계열의 "옥탑방", "소주 한 잔", "잔업, 특근, 최저
임금"은 이모의 삶을 조금 더 구체적으로 형상화해 주는 소품
이다. 이렇게 기억 속에 있는 "사십 줄의 생"을 살다 간 이모
를 현재로 소환하기 위해 허승호 시인은 "응급 환자의 마지막
비명" 같은 "목장갑"을 전경화하면서 그 배경으로 "십자가"와
"찬송"을 배치하였다. 이러한 시적 전략은 이모의 삶을 단순
히 돌아보기 위해서가 아니라 '십자가'로 상징되는 세계의 절
대성을 통해, 이 시의 마지막 연에서 보여 주듯, 이모의 삶

을 반성적으로 읽어 내기 위해서다. 그것을 위해 그는 "지켜 볼 일이다"라는 의지를 피력함으로써 이모의 삶이 존재의 소멸에도 불구하고 여전히 오독될 수 있음을 보여 준다. 한 개인의 삶은 죽음을 통해 완성될 수 있지만, 그것을 소멸하지 않도록 계속해서 기억하는 반성적 활동을 통해 허승호 시인은 이모의 삶이 여전히 오독되게 만드는 것이다. 그럼으로써 이모의 삶은 자꾸자꾸 되살아난다. 그건 존재의 소멸이 그의 부재로써 완성되는 게 아니라, 그를 기억해 주는 사람이 부재할 때 완성된다는 의미와 같다. 다시 말해 이모의 삶을 기억해 주는 사람이 있는 한, 이모의 소멸은 완성되지 않는다는 것이다. 이때 이모의 삶을 기억하게 해 주는 게 '목장갑'과 그 계열의 사물들이다. 허승호 시인은 그러한 사물들과 마주할 때마다 이모의 삶을 다시 읽게 되고, 그렇게 읽어 낸 이모의 삶은 매 순간 다른 방식으로 살아난다.

　이렇게 시는 '기억'의 내용을 '회상'하는 방식으로 작동한다. 시인은 "지나온 시간들이 담뱃불처럼 희미해질 무렵/ 절망의 못을 새벽처럼 깊게 박"(「절벽을 그리다」)는다. 그렇게 새벽을 기다리며 쾅쾅 박아 놓은 '절망의 못'이 허승호 시인의 시다. 그러므로 그의 시는 "쉰 살의 새벽/ 빠져나가려고 안간힘을 쓰는 장어"(「장어탕」)이자 "바가지 같은 무덤 하나 짓지 못해// 밤마다 하얗게 불러 보다 지쳐 잠든 이름"(「박꽃」)과 같다. '절망의 못'을 뽑아내도 사라지지 않는 건 상처처럼 구멍 난 못 자국이다. 이 못 자국은 "지상의 눈물들"이 "떠밀려와 숨을 내리고" 있는 "섬"(「거문도에서」)이 되었다가, "하루 내내

160

허공을 다녔을/ 저/ 붉은 맨발"(「석양」)이 되기도 하고, "등짝
에 걸려 죽음을 노려"보는 "뿔"(「지게」)의 형상인가 하면, 어느
새 "부끄러운 줄도 모르고 대낮같이 풀어헤"쳐진 "물오른/
저, 젖꼭지"(「동백꽃」)로 나타나기도 한다. 중요한 건 그것들
모두가 허승호 시인이 "가장 맹렬하게 살았던 시간과 장면"
(「후박나무 경전」)들이라는 사실이다. 따라서 그는 '절망의 못'을
향해 "얼마나 깊어져야만 그리운 이름을 올리고/ 또 참고 견
뎌야만 사랑을 지을 수 있을까"(「너에게로 가는 길」)라고 묻는다.
다음의 시 「11월의 나무」는 그러한 물음에 관한 허승호 시인
의 자술서처럼 읽힌다.

> 11월은
> 다시 서는 것을 배우는 시간
>
> 나무여,
> 얼마나 혹독해야 잎을 떠나보내고 직립으로 설 수 있는가
>
> 눈 내리는 겨울을 준비하는 것들이여
>
> 탁발 떠나는 나무들과 수행하는 나무들로 두렵다
>
> 설법說法을 듣는 11월의 나무여
>
> 껍질을 밖으로 내던지고
> 한 바지게의 눈을 뒤집어쓰며

나를 배우고 싶다

한 잎만큼의 성숙을 위해
뼛속까지 낮춰야 직립으로 돋아나는
푸른 이파리를 위해
나를 내려놓고 싶다
마지막 잎새 앞에서
울고 있는 나무여!

―「11월의 나무」 전문

　서정시의 오랜 규율을 알고 있다면, 우리는 이 시에서 "11
월의 나무"가 무엇을 가리키는지 눈치챌 수 있다. 알다시피
서정시는 객관적 사물에 화자의 욕망을 투사함으로써 좀 더
세련된 방식으로 세계―내―존재들의 관계를 창조하는 장르
다. 이 과정에서 작동하는 인간의 의지는 필연적으로 '돌아
보기', 즉 반성적인 활동이다. 그런 의미에서 "11월은/ 다시
서는 것을 배우는 시간"이 되기에 부족함이 없다. 그래서 묻
는다. "나무여,/ 얼마나 혹독해야 잎을 떠나보내고 직립으로
설 수 있는" 것이냐고. 이 물음에 나무는 그저 "눈 내리는 겨
울을 준비하"기 위해 "탁발 떠나"고 "수행하"고 "설법을 듣는"
모습을 보여 줄 뿐이다. 일견 고요하게 보이는 그 모습은 사
실 내적으로는 감당하기 어려울 정도로 "혹독"한 일이다. 게
다가 "겨울은 생과 사의 갈림길"(『겨울나무 소사전』)이라는 점에
서, 11월의 나무와 마주하는 일은 "두렵다". 그 두려움을 이

겨 내는 방법은 "껍질을 밖으로 내던지고/ 한 바지게의 눈을 뒤집어쓰"는 일이자 자기를 "뼛속까지 낮"추는 일. 그럴 때 허승호 시인은 "나를 내려놓고" "한 잎만큼의 성숙"한 자세로 "직립으로 설 수" 있다고 믿는다.

   4

  이렇게 서정시는 지나온 시간을 돌아보는 과정을 통해 끊임없이 자기 삶을 반성하게 한다. 인간의 삶이 일회적이고 반복되지 않는 존재론적 한계가 있다는 점에서 '돌아보기'는 주어진 운명을 위반하는 행위임이 틀림없다. 그건 흘러간 강물에 다시 발을 담글 수 없다는 아주 오래된 철학적 발견을 거스르는 일이기도 하다. 그러나 시는 망설이지 않고 존재론적 위반을 과감하게 해치운다. 물론 우리에게 주어진 운명을 우리의 욕망과 의지를 통해 거슬러 가는 과정이 순탄할 리 없다는 걸 안다. 그 과정은 혹독하고 무서운 세계이니까. 그런 이유로 허승호 시인은 자기를 낮추고 자기를 내려놓아야 한다고 거듭 강조한다. "짓밟혀야만 푸르게 돋아나는 삶이 있다는 것"(「보리꽃」)과 "내 안에 어둠을 걷어내지 않고는 해를 볼 수 없다"(「향일암」)는 사실을 보여 준다. 이와 같은 반성적인 세계 인식을 통해 허승호 시인은 한 번밖에 주어지지 않은 삶을 최선을 다해 살아가고자 한다.

사다리를 별빛에 걸어 두고 구름이 사는 집에 들렀어 구름
은 밤의 연못 푸른 별도 물의 유목에서 파도처럼 떠돌지 잠
을 베갯잇에 몰아넣고, 몽롱을 던지면 물음표가 달을 물었어
달은 감성의 정원에서 생각을 빗질해 원고 한 칸 채워야 한다
는 밤의 수작이 백지 집을 지었다가 부쉈다가 구름은 해가 뜨
면 사라질 일기예보처럼, 불면은 밤의 페이지였어 소낙비 같
은 시절이 구름 같은 것이었다면, 구름으로 사랑을 짓고, 이
별은 강물이 되어 바다를 키웠지 밤은 생을 위한 지상의 뒷면
가난한 밤의 정거장에서 시의 씨앗을 붙잡고 싸웠던 구름 한
권이 생을 만들고 있었어

　　　　　　　　　　　　　　　　　—「구름 한 권」 전문

　이 시는 시집에 수록된 시들과는 다른 방식으로 창작되었
다는 점에서 허승호 시인이 자기의 삶과 시 쓰기에 도전하는
시로 읽힌다. 그는 현재 '자기'의 '껍질을 밖으로 내던지'기 위
해 "사다리를 별빛에 걸어 두고 구름이 사는 집에 들"른다.
이때 "구름은 밤의 연못"에 해당하고, "밤은 생을 위한 지상
의 뒷면"이 된다. 그런데 또한 "밤은 나를 만나러 가는 순결
한 시간"('밤 기차')이라는 점에서 '밤의 연못'에 드리운 '구름'은
시인이 돌아보게 되는 금기의 어떤 것이다. '구름'을 통해 허
승호 시인은 삶의 뒷면, 즉 묵묵히 지나온 시간을 돌아보는
것이다. 그리하여 얻어 낸 결론은 "가난한 밤의 정거장에서
시의 씨앗을 붙잡고 싸웠던 구름 한 권이 생"이라는 것. 그렇
다. 돌이켜보면 오늘 우리의 삶은 지난 시간과 치열하게 싸

워서 얻어 낸 결과가 아닌가.

이렇게 우리 인간은 지나온 시간을 돌아볼 때 '나'라는 존재를 확인할 수 있다. 그건 우리 자신의 본모습이 지나온 시간 속에 있으며, 돌아보는 행위를 통해 비로소 우리는 '나'를 인식하게 되었다는 뜻이다. 허승호 시인은 자기 안에 누적된 시간의 갈피를 한 장씩 넘기면서 그 안에서 '시'를, 그리고 '생'을 만들어 왔다. 그런데 그가 '시'와 '생'을 붙잡고 싸웠던 숱한 시간은, 그가 오래 다짐했던 것처럼, '뒤돌아보지 않아야' 할 것들이었는지도 모른다. 그러함에도 그가 그 순간들을 오롯이 한 권의 시집 안에 담아낼 수 있었던 건 시라는 예술에 담겨 있는 위반의 미학이 있어서일 것이다.

이 한 권의 시집으로 허승호 시인이 "멈추고 뒤돌아서지 못했던 오십 줄의 부채負債"를 모두 청산했다고 볼 수는 없다. 계속해서 그는 "보이지 않았을 뿐, 보지 못했을 뿐/ 오래된 길을 먹는 시간의 입들"(「안개」)을 들여다봐야 한다. 그럴 때 그 시간의 "입안에 뼈가 드러난 상처를 안고"(「고래를 위한 추모사」) 있는 자기를 발견하게 될 것이다. 그 '상처'가 허승호 시인의 생이라는 건 굳이 말할 필요가 없을 것이다. 시를 쓰는 일은 뒤따르던 에우리디케가 사라진 자리, 그 존재의 여백이 신화를 만들었던 것처럼, 그 '생'이라는 상처를 돌아보고 기억해서 하나의 여백으로 남기는 일이다. 그런 의미에서 허승호 시인의 시는 우리 모두의 여백이 되기에 부족하지 않다. 그러므로 이 시집을 펼쳐든다면 "흔들리는 발길 멈추고/ 가만/ 가만히" "지난 시간 뒤돌아볼 일이다"(「백도식당」).

천년의시인선